PIACERE, JOSHUA!

DAN J. GREEN

PIACERE, JOSHUA!

EPISODIO 1

Esiste ancora brava gente,
basta solo cercarla!

Questo libro è un'opera di fantasia. Personaggi e luoghi citati sono invenzioni dell'autore e hanno lo scopo di conferire veridicità alla narrazione. Qualsiasi analogia con fatti, luoghi e persone, vive o scomparse, è assolutamente casuale.

Piacere, Joshua!
di Dan J. Green

Soggetto e Sceneggiatura: Danilo Peroglio
Ideazione Copertina: Danilo Peroglio, Spunto Creativo di Ricchieri Stefania

ISBN 979-12-210-0558-5
I Edizione 2022

Anno 2022 – Edizione 1

Il nostro eroe si chiama Joshua, nessuno sa chi sia o da dove arrivi. Il tutto inizia da qui.
Una strada di campagna, lungo di essa un uomo che la percorre. Un giorno come tanti, il nostro Joshua incontra John e Mary, una famiglia con un immenso peso nel cuore.

Questo dolore ha un nome, Joele, loro unico figlio e luce dei loro occhi. Purtroppo, un incidente a cavallo ha segnato per sempre il destino di questo bambino.

Sarà il nostro eroe a riportare nuovamente gioia in questa famiglia, il come lo farà è tutto scritto qui, basta leggerlo!

Buona lettura!

VOCE FUORI CAMPO: Tutto inizia così, in una grande e sconfinata prateria dove l'orizzonte si perde con i grandi pascoli.
Da qui parte la nostra storia. Adesso ve ne racconto una, la mia! Veramente sarebbero tante ma iniziamo con questa, la prossima volta ve ne racconterò un'altra.

Ah, dimenticavo, mi presento… Piacere, Joshua!

Sono gli anni 80, non ricordo bene quali di preciso ma solo la musica.
Erano gli anni del Pop e anche del Rock and Roll… già. Michael Jackson, Madonna, tutto era così perfetto, tutto era così meraviglioso!
Questa storia inizia da questa casa immersa nel verde, km e km di prati sconfinati. Qui abita la famiglia Taylor: John e Mary tutti e due di mezza età, senza figli perché purtroppo tanto tempo fa, nostro Signore, ha portato via Joele di 5 anni.
Era l'unica ragione della loro vita, ma forse questo grande dolore li ha uniti ancora di più con un grande rispetto reciproco l'uno verso l'altro. Loro due assieme portano avanti la baracca ormai da anni, almeno da 30.

Ma un giorno succede qualcosa. Il nostro John tossisce più forte del solito, para mano davanti alla bocca e si accorge che c'è del sangue! Eh già, sono parecchi mesi che questa storia va avanti... lui ne è ben consapevole ma l'orgoglio è più forte di tutto. Prima o poi lo sa che deve fare i conti con la verità.
John fa finta di niente come suo solito fare, ma Mary vede quello che sta succedendo. Lei non dice mai nulla ma questa volta non riesce a trattenere la sua rabbia, è stanca di tutto questo, gli urla con tutto il fiato in corpo e con le lacrime negli occhi.

Mary: «Bastaaaaaa... adesso basta, sono stufa! Vai dal medico ti prego, fallo per me! Non voglio perderti, non posso perderti!»
John, visibilmente emozionato: «Lo so che dovrei andarci ma ho paura di sentirmi dire quello che già so.»
Mary: «Tu pensi di sapere tutto ma non sai niente! Nella vita mai fasciarsi la testa prima di rompersela.»
John: «Hai pienamente ragione, che farei senza di te!»
Mary: «Già, che faresti senza di me, e io che farei senza di te?»

John: «Va bene dai, domani mattina vado dal medico a farmi prescrivere qualche esame.»

Passa qualche giorno e John torna dal medico per ritirare gli esiti degli esami fatti. Il dottore chiama John seduto tranquillamente in sala d'attesa.

Dott. Cooper: «Vieni John, dai siediti che dobbiamo parlare.»

John capisce che c'è qualcosa che non va, in fondo in fondo qualcosa già lo sospettava, aspettava solo qualcuno che glielo dicesse. Magari il suo amico il Dott. Cooper, dopo tutto si conoscono da sempre. John nota che il dottore mentre gli parla ha lo sguardo basso.

John: «So già cosa mi vuoi dire.»
Dott. Cooper: «Davvero John? Allora cosa sei venuto a fare se già sai tutto?»
John: «Sono malato vero?»
Dott. Cooper: «Si John, amico mio… hai un tumore allo stomaco. Se fai chemioterapia, iniziandola domani stesso, forse ti restano ancora 6 mesi di vita.»
John: «6 mesi? Se invece non faccio niente?»

Dott. Cooper: «Se non fai cure 3 mesi, forse.»

John esce dallo studio medico, sguardo assente, entra in macchina e torna a casa. Poco prima di arrivare, si ferma sul ciglio della strada e si mette ad urlare sbattendo i pugni sul volante.

John: «Perché Dio mi fai questo? Mi hai già portato via mio figlio Joele, non ti è bastato? La mia vita era… è come se una parte di me fosse morta con lui! È vero, non vado in chiesa tutte le domeniche, però sono un bravo Cristiano, non ho mai fatto del male a nessuno. Adesso come glielo dico a Mary! Mio Dio, aiutami tu… dammi il coraggio.»

John torna a casa, sembra un cane bastonato. Mary lo vede e sembra capire tutto, alla fine si conoscono da sempre.
John prende Mary per le mani… tutti e due hanno gli occhi lucidi. Le vorrebbe dire tante cose ma si blocca.

John: «Senti Mary, il medico ha detto che…»

Mary interrompe John mentre parla.

Mary: «Non devi dirmi niente… ho già capito tutto! Io e te stiamo assieme da sempre, ti ricordi cosa disse il reverendo quando ci sposò?»
John: «Oh sì: "Nella buona e cattiva sorte!"»
Mary: «Proprio così! Quindi domani vediamo un po' cosa fare, parliamo con il medico e lui ci darà qualche buon consiglio. Ricordati che tu senza di me non vai da nessuna parte!»
Mary con le lacrime agli occhi, gli dice «Quindi vedi di guarire e anche alla svelta! Capito?»
John, con gli occhi lucidi, gli risponde «OK!».

Passa un mese. John due volte alla settimana va a fare la chemio in ospedale e purtroppo inizia a perdere i capelli. Un giorno si guarda allo specchio e inizia a borbottare, Mary è vicina a lui e gli dice: «Tranquillo, non preoccuparti di questo. Prendiamo un parrucchino oppure un bel cappello!»
John: «No, no va bene così. Se così dev'essere, allora così sarà!»
Mary: «Tutto come vuoi tu.»

Passa un altro mese e il nostro John è visibilmente più provato. È molto stanco, e ogni giorno sempre di più fatica a lavorare nei campi e a curare tutto il bestiame.

John va da Mary, stremato.

John: «Senti Mary, più passa il tempo e più sono stanco. Tu non puoi fare tutto da sola, dobbiamo trovare un aiuto.»
Mary: «Sì lo so, tra un po' ci sarà il nuovo raccolto… due mani in più ci farebbero molto comodo.»
John: «Sai che faccio? Domani mattina presto vado dai Waine, i nostri vicini… forse loro conoscono qualcuno che ci possa aiutare!»
Mary: «Mi sembra una buona idea!»

Il giorno dopo, di buon mattino, John prende la macchina e va dai suoi vicini di casa, i Waine.
Questa è una delle più potenti famiglie della zona, molto ricchi e anche molto arroganti. Forse è per questo che John e Mary non li frequentano molto.
John arriva nella fattoria e ad accoglierlo c'è Anthony, il figlio maggiore dei Waine.

John: «Ciao Anthony, come stai, tutto bene? C'è tuo padre?»
Anthony: «Ciao John, so che hai qualche problema di salute. Se vuoi liberarti di qualche terreno noi te lo compriamo molto volentieri.»

John: «Vedo che le notizie corrono... Sai, nella vita trovi sempre qualcuno che non si fa i fatti suoi!»

Nel frattempo, arriva il sig. David Waine, il padrone di tutto.

John: «Ciao David.»
David: «Ciao John! Tutto bene? Come posso aiutarti?»
John: «Sono qui per chiederti una cosa.»
David: «Dimmi tutto.»
John: «Niente di particolare, volevo solo sapere se conoscessi qualcuno che cercasse lavoro diciamo per un paio di mesi. Almeno il tempo di iniziare e finire il raccolto.»
David: «Veramente anche noi stiamo cercando gente. Di stagione in stagione è sempre più difficile trovare personale qualificato.»
John: «Già, è proprio vero!»
David: «Senti John, lo so che non stai bene ultimamente e sono anche consapevole che non sono fatti miei ma... se un giorno decidessi di vendere delle proprietà a me confinanti, sappi che io te le prenderei più che volentieri. Naturalmente al prezzo di mercato.»

John: «Grazie David, lo terrò presente ma al momento non ho intenzione di cedere niente!»
David: «Va bene John, come vuoi tu.»

John va verso la sua auto per tornare a casa, e fra sé e sé borbotta «Piuttosto che cedere qualcosa a te, prendo una tanica di benzina e do fuoco a tutto!»

John va verso casa e vede un giovanotto che sta camminando sul ciglio della strada che porta direttamente alla sua fattoria. Incuriosito, si accosta e gli domanda «Buongiorno, si è perso?». «Buongiorno», risponde il giovanotto, «Sto andando alla fattoria qui vicino, so che hanno bisogno di me!»
John, leggermente pensieroso, riflette fra sé e sé: «Questa strada porta solo in un posto, ed è dove sto andando io, a casa!»
John: «È la fattoria dei Taylor?»
Giovanotto: «Il nome veramente non lo ricordo bene, ma so che hanno bisogno, veramente bisogno di un aiuto.»

John guarda questo giovanotto uscito dal nulla, è come se lo conoscesse da sempre. Il nostro John, incuriosito, gli domanda: «Come ti chiami?»

Lui gli risponde «Il mio nome è Joshua!»
John: «Capito. Se non ricordo male il tuo nome vuol dire "Il signore è la mia salvezza".»
Joshua: «Esattamente! invece tu come ti chiami?»
John: «Io sono John, John Taylor!»
Joshua: «Tanto piacere di fare la tua conoscenza, John Taylor! Quindi sto andando da te, nella tua fattoria. So che cercate personale.»
John: «Eh sì. Come hai fatto a sapere che stavamo cercando gente?»
Joshua: «Veramente non ricordo chi me l'abbia detto.»
John: «Sali in macchina che ti porto in fattoria, così ti presento mia moglie Mary!»

Tutti e due arrivano in fattoria e Mary è lì fuori con una carriola piena di erba.

Mary: «Ciao John, vado a dar da mangiare ai cavalli. Chi è il ragazzo vicino a te?»
John: «Lui è Joshua, ci siamo conosciuti per strada e cerca lavoro!»

Joshua si avvicina a Mary, le dà la mano e le dice: «Molto piacere di conoscerti Mary!»
Mary gli stringe la mano e subito ha una strana sensazione, quella di conoscerlo.

Mary: «Ci siamo già visti da qualche parte?»
Joshua: «Non credo sai?»
John: «Adesso parliamo di lavoro. Noi stiamo cercando un tuttofare, una persona che curi il bestiame e poi ci sarà il raccolto. Io purtroppo non sto molto bene e Mary non riesce a fare tutto da sola. Due mesi di lavoro, 500 dollari alla settimana, vitto e alloggio compreso. Ti puoi sistemare nella dependance vicino a casa nostra, ci sono due belle camere e un bagno abbastanza spazioso se per te va bene.»
Joshua: «Più che bene direi!»
John: «Dai che ti accompagno in casa, così inizi a sistemarti un po′ e poi verso l'una mangiamo assieme qualcosa.»
Joshua: «Davvero volentieri, con molto piacere!»
John: «Ok, ci vediamo dopo!»
Joshua si allontana, va verso la dependance.

John guarda Mary e le dice «Secondo te, abbiamo fatto una cosa giusta? Mi sembra una persona per bene. Non so, ma i suoi occhi mi ricordano qualcuno!»
Mary: «Ho avuto anch'io la stessa sensazione. Guardandolo negli occhi, per un attimo, ho rivisto il nostro Joele!»

John: «Già, mi manca da morire. Anche se sono ormai passati 20 anni… è come se fosse successo ieri.»
Mary, con gli occhi lucidi: «Dai su, aiutami a preparare il pranzo. Inizia a lavare l'insalata che io cucino un po' di spezzatino.»

Mary e John iniziano a preparare la tavola.

John: «Non ricordo quanto tempo è passato dall'ultima volta che abbiamo aggiunto un piatto in più alla nostra tavola!»
Mary: «Eh sì è passato parecchio tempo, direi 20 anni! Dai, vai a chiamare Joshua che tra 5 minuti è pronto.»
John: «Vado!»

John si incammina verso la dependance, bussa alla porta ma nessuno risponde. Allora prova a sbirciare dalla finestra e vede Joshua nella stanza accanto, il quale è contornato da tante piccole luci, molto molto piccole. John sgrana bene gli occhi, Joshua lo vede e gli va incontro.

John: «Joshua... hai visto? C'erano delle luci, erano tutte intorno a te!»

Joshua: «Ah sì… delle luci. Forse erano dei raggi del sole provenienti dalla persiana socchiusa.»
John poco convinto dice «Beh, può darsi. Dai andiamo a mangiare che è pronto!»

John e Joshua entrano in casa, dove Mary sta apparecchiando la tavola.

Mary: «Dai sedetevi! Già, manca una sedia!»
John: «Siediti pure qui Joshua, che ne vado a recuperare una fuori.»
John entra con la sedia mancante.
Mary si riferisce a Joshua «Come puoi ben notare non abbiamo tanta gente che ci viene a trovare.»
Joshua: «Ma tipo qualche parente, non so… cugini, qualche fratello o sorella?»
John: «No, nessuno. Nessun parente, né dalla mia parte e né dalla sua», riferito a Mary.
Mary: «Già, siamo rimasti soli ormai da tanto tempo. Come si dice in questo caso: "Meglio soli che male accompagnati!"»
John: «Ah sicuramente. Però ogni tanto, non dico tutti i giorni, farebbe anche piacere far quattro chiacchiere con qualcuno!»
Mary: «Dai su, mangiamo prima che si raffreddi!»

Il pranzo procede in sintonia, parlando del tempo, del più e del meno, del lavoro che Joshua dovrà fare nel pomeriggio. Poi arriva Mary con il caffè.

John: «Senti Joshua, parlami un po' di te. Sempre se non sono troppo indiscreto.»
Joshua: «Non c'è molto da dire, alla fine mi reputo uno spirito libero. Vado dove c'è bisogno di me. Ti racconto questa citazione: "Non so dove mi stia portando la vita, ma la lascio fare. Probabilmente conosce la strada meglio di me."»
John: «È una citazione molto profonda! Secondo me sei una persona molto riservata.»
Joshua: «Sì, alla fine credo di sì. Non mi reputo un grande chiacchierone, o almeno non parlo molto di me stesso.»
Joshua si alza dalla tavola e dice «Dai John, andiamoci a guadagnare la pagnotta! Dimmi da dove iniziare il lavoro.»
John: «Ti porto nel recinto dei cavalli. Bisognerebbe dargli una sistemata, sta cadendo a pezzi! Veramente un po' tutto qui sta cadendo a pezzi. La volontà di fare c'è, è la forza che manca. Purtroppo è un periodo un po' così.»
Joshua: «Adesso ci sono io, piano piano vediamo di fare tutto.»

Mary: «Magari, sarebbe meraviglioso!»

John porta Joshua a fargli vedere il recinto. Si vede che John è visibilmente stanco, cammina a fatica, oggi non è giornata. Joshua si mette subito al lavoro mentre John si trascina verso casa, dove Mary lo vede e gli va incontro per aiutarlo.

Mary: «Dai John, sorreggiti a me.»
John: «Oggi proprio non va... se domani sto così, come faccio ad andare in ospedale a fare la chemioterapia... non ho le forze. Mi sa che ogni giorno sarà sempre peggio.»
Mary: «Il medico l'ha detto che i primi mesi erano i peggiori, poi piano piano dovrebbe migliorare.»
John: «Non so che dire, non so che fare. Vediamo domani come sto. Se penso a tutti i lavori che dovrei fare...»
Mary: «Non ti arrabbiare tanto non cambia niente. Adesso c'è Joshua che ci aiuta, ci penserà lui a sistemare tutto.»
John: «Già, è come un angelo caduto dal cielo. Forse a nostro Signore abbiamo fatto un po' di pena e ci ha inviato un aiuto.»

Mary: «Si direbbe proprio che sia arrivato al momento giusto! Speriamo che rimanga qui con noi un po' di tempo.»
John: «Io gli ho parlato di due mesi lavorativi e se poi vuole restare qualcosina in più ringraziamo il Signore!»
Mary: «Dai John adesso riposati un po', sdraiati sul divano che io inizio a sistemare un po' casa.»

Il pomeriggio passa veloce. John si sta riposando da qualche oretta, Mary ha messo in ordine casa e decide di andare da Joshua per vedere a che punto è con il recinto. Mary va da John, il quale è lì tranquillo sul divano che sta fissando la parete del soffitto.

Mary: «John… a cosa stai pensando?»
John: «Stavo pensando che dovremmo poi dare una bella imbiancata a questa stanza.»
Mary: «Veramente servirebbe a tutta la casa!»
John: «In effetti dall'ultima volta sono già passati 25 anni! Eh sì, erano pochi giorni prima che nascesse Joele.»
Mary: «Vero, direi che possiamo benissimo ridare una bella passata di colore a tutta la casa. Direi che dopo 25 anni si può anche fare!»

John: «Una volta che il raccolto è a posto lo facciamo.»
Mary: «Va bene, tu inizia a pensare ai colori, io vado a vedere Joshua a che punto è con il recinto dei cavalli.»

Mary va da Joshua e vede con piacere che sta lavorando sodo, lo steccato è come nuovo!

Mary: «Ciao Joshua, bravo, stai facendo un buon lavoro!»
Joshua: «Ciao Mary, spero che vada bene, ho cercato di sistemarlo al meglio possibile! E John, come sta?»
Mary: «È in casa che si sta riposando un pochino.»
Joshua: «Sì, l'ho visto parecchio affaticato.»
Mary: «Purtroppo ha un brutto male, due volte alla settimana va a fare chemioterapia. Credimi che sono veramente disperata, mi è rimasto solo lui e se lo perdo che faccio dopo?»
Joshua: «Dai che andrà tutto bene, me lo sento! Dobbiamo avere Fede, nostro Signore sa come mettere a posto le cose. Lui prende ma poi dà!»
Mary: «Sarà come dici tu ma al momento ha solo preso mio figlio Joele di 5 anni, è successo 20 anni fa.

Adesso invece vorrebbe prendersi anche mio marito John. Cosa trovi di giusto in tutto questo?»
Joshua: «Ammetto che detto così hai ragione. La Fede è l'unica cosa che ci rimane quando le cose non vanno come dovrebbero.»
Mary: «Credimi sulla parola se ti dico che quando perdi un figlio ti crolla il mondo addosso. Un genitore non dovrebbe mai vedersi morire un figlio, è contro natura!»
Joshua: «Se non sono troppo indiscreto, come è morto Joele?»
Mary: «È stato un incidente! Joele voleva a tutti i costi imparare a cavalcare, John invece era contrario perché aspettava di avere un cavallo giusto per lui. Un giorno Joele volle salire su un cavallo, ma non su uno qualsiasi... Salì su Diavolo Nero. Già il nome diceva tutto. Erano settimane che John cercava di domarlo ma invano.»
Joshua: «Capito. Forse salendo su quel cavallo Joele cercava di stupire suo padre.»
Mary: «Già. Però il cavallo lo disarcionò e cadde per terra, battendo la testa. Morì fra le braccia di John. Da allora John si è rinchiuso in sé stesso...»
Joshua: «Che triste storia.»

Mary, con gli occhi lucidi: «Basta parlare di storie tristi… finisci quello che devi fare, ti aspettiamo per cena! Alle 8, mi raccomando puntuale!»
Joshua: «Grazie, verrò con molto piacere!»

Mary, tornando verso casa, incontra John.

John: «Ah... finalmente! Non ti avevo più vista, mi stavo preoccupando!»
Mary: «Esagerato, sei troppo apprensivo! Devo dire che Joshua sta facendo un bel lavoro, e poi ci siamo messi a chiacchierare un po'. L'ho invitato per cena.»
John: «Perfetto! Cosa prepari di buono?»
Mary: «Non lo so ancora, adesso ci penso.»
John: «Potrei fare io un po' di carne alla brace. Dopo tutto, saranno passati anni dall'ultima volta che l'ho fatta!»
Mary: «Vero, ottima idea! C'è della carne nel congelatore, si può usare quella.»
John: «No, troppo tardi per farla scongelare bene. Vado in paese a comprarne di fresca, non voglio mica fare brutta figura! Dopo tutto abbiamo un ospite a cena, bisogna trattarlo bene.»
Mary: «Mi sembra giusto.»

John: «Sai che faccio, vado a vedere Joshua a che punto è con il recinto e poi gli chiedo se vuole venire con me in paese. Magari andiamo anche a farci una birretta al bar! È tanto tempo che non sorseggio una buona birra in compagnia di qualcuno.»
Mary: «Va bene John, però un consiglio per tutti e due…»
John: «Sarebbe?»
Mary: «Sarebbe quello di non affezionarci troppo a lui, lo sai che prima o poi se ne andrà via da qui. Lui l'ha detto: "sono uno spirito libero!" Quindi… prima o poi…»
John: «Sì lo so, ne sono ben consapevole.»

John va verso il recinto dove Joshua sta lavorando.

John: «Joshua, a che punto sei?»
Joshua: «Ciao John, un'oretta ed ho finito!»
John: «No, no… no! Adesso facciamo una bella cosa, io e te andiamo in paese a prendere la cena per stasera!»
Joshua: «Ah sì? Ma, veramente, dovrei finire il lavoro!»
John: «Per oggi ci hai già aiutato molto, vai a prepararti che fra mezz'ora passo a prenderti.»

Joshua: «Andiamo in paese?»
John: «Sì Joshua, si va a comprare la carne per stasera, però prima ci facciamo una bella e buona birretta fresca al bar! Direi che ce la siamo più che meritati, non credi?»
Joshua: «Certo che sì! Vado a farmi una doccia e arrivo. Ci vediamo tra poco!»
John: «Sì perfetto, a dopo!»

John torna a casa piano piano, vede Mary in lontananza, le va incontro, è contento.

Mary: «John, sbaglio o stai sorridendo?»
John: «Io sorridendo! Tu dici?»
Mary: «Eh sì, sembrerebbe proprio di sì!»
John: «Sono contento di andare in paese con Joshua, di vedere un po' di gente.»
Mary: «Direi che è una buona idea!»

John va a farsi una doccia, si cambia e va da Joshua. Mentre va verso la dependance, John intravede Joshua venire verso di lui.

John: «Vedo che sei pronto!»
Joshua: «Dici che sia il caso che io venga con te in paese?»
John: «Perché dici questo?»

Joshua: «Perché non mi sento a mio agio, a me piace la tranquillità. Generalmente nei bar c'è sempre chi urla, sbraita e cerca dei pretesti per litigare. Le mie orecchie non sono fatte per questi tipi di rumore.»
John: «Ti capisco, beviamo una birra veloce e torniamo a casa per la cena.»
Joshua: «Spero di non rovinarti questa tua uscita visto che è da tanto tempo che non ti ritagliavi del tempo per te.»
John: «Nessun problema. Dai andiamo a prendere la macchina, mi sta venendo sete e mi piacerebbe gustare una buona birra!»
Joshua: «Va bene John, andiamo, non voglio rovinare questo tuo momento.»

John sta guidando la macchina.

John: «Dai Joshua, stiamo andando in paese a berci una birra non stiamo andando a rapinare una banca o sparare a qualcuno. Un po' di entusiasmo!»
Joshua: «Lo so lo so hai ragione, andiamo.»
John: «Bravo, questo è lo spirito giusto!»
I nostri due eroi arrivano davanti al bar, parcheggiano la macchina ed entrano all'interno del locale.

Una volta dentro John dice a Joshua «Là c'è un tavolo libero, mettiamoci lì!».
Si siedono e nel frattempo arriva la cameriera Maggie, diciamo che non è proprio giovanissima.

Maggie: «Ragazzi cosa vi posso portare?»
John: «Per me un boccale di birra bionda.»
Joshua: «Facciamo due!»
Maggie: «Perfetto, vado e torno.»
John: «Lo sai Joshua che era tanto tanto tempo che non entravo in un bar a bermi una birra in compagnia di qualcuno?
Anzi, ti dirò di più', in compagnia di una persona sincera, di un amico.»
Joshua: «Hai detto delle belle parole, veramente molto belle. Sei una brava persona John. Sono contento che tu mi consideri un amico, visto che dopo tutto ci conosciamo da poco.»
John: «Non è facile spiegarlo ma ti ho subito considerato uno di famiglia, e questo vale anche per Mary.»
Joshua: «Basta, così mi fai commuovere.»

Nel frattempo, arriva Maggie con le birre e delle patatine da aperitivo.

John: «Perfetto, grazie Maggie lascia pure tutto qui.»
Joshua: «Dai, facciamo un brindisi all'amicizia!»
John: «Sì, ottima idea. Brindiamo all'amicizia!»

I nostri due amici si gustano la birra in armonia, ma come in ogni bar che si rispetti c'è sempre qualcuno che è pronto ad attaccare briga. Al momento tutto fila liscio come l'olio.

Joshua: «Guarda John, c'è un tavolo da biliardo. Ci facciamo una partita veloce veloce? Saranno anni che non gioco più.»
John: «Non saprei.»
Joshua: «Dai John, solo due tiri e poi andiamo. Allora, chi perde paga da bere?»
John: «Saranno 20 anni che non tocco una stecca da biliardo.»
Joshua: «Dai non ti lamentare sempre, inizia a giocare!»

La partita inizia e da subito John nota che Joshua è molto molto bravo a giocare. Proseguono in allegria, si stanno proprio divertendo!

Joshua «La palla 3 va in buca in alto a destra, però prima gli faccio fare due sponde.»

John: «No, no è troppo difficile!»
Joshua: «Devi avere Fede amico mio, mi farò guidare da nostro Signore.»
John: «Lascia stare nostro Signore, forse ha cose più importanti da fare al momento che guidare la tua mano.»
Joshua: «Fede amico mio.»

Joshua tira e la palla 3 fa due sponde e va nella buca in alto a destra.

John: «Che dire, mi hai lasciato senza parole!»
Joshua: «Vedi amico mio, come disse nostro Signore: "Chiedete e vi sarà dato".»
John: «Dalle mie parti si chiama fortuna.»
Joshua: «Tu dici? Beh, sicuramente anche quella è importante.»

Ed eccoli qui, gli attaccabrighe! Stanno per arrivare Anthony Waine e suo fratello più piccolo Joseph, sembra che entrambi abbiano già fatto il pieno di alcool.

Anthony: «Guarda chi c'è. Il mio amico John Taylor!»
John: «Non sono tuo amico!»

Anthony: «Non sapevo che ti piacesse giocare a biliardo.»
John: «Tu di me non sai niente.»
Anthony: «Non mi presenti il tuo amico?»
John: «Lui è Joshua.»

Joshua va da Anthony e gli stringe la mano. Anthony al tocco della mano di Joshua fa un sobbalzo.

Anthony: «Ho preso la scossa!»
Joshua: «Sì scusami, ogni tanto mi capita.»
Anthony: «Sei nuovo da queste parti, non ti ho mai visto.»
Joshua: «Sì, sono di passaggio. Aiuto John per qualche mese, il tempo di sistemare un po' le cose.»
Anthony: «Capisco. Senti, facciamo una cosa… vedo che sei bravino a giocare a biliardo. Che ne dici di una partita? Noi due contro voi due. Facciamo 50 dollari a coppia?»

Joshua guarda John, il quale è parecchio titubante.

John: «50 dollari sono tanti.»
Joshua: «Io non li ho.»

John: «Io li ho ma… non saprei.»
Joshua: «Secondo me possiamo benissimo vincere! Decidi tu cosa vuoi fare.»
John: «Mi piacerebbe dare una bella lezione a questi due.»
Joshua: «Facciamo una bella cosa, tu metti i soldi, io faccio di tutto per vincere.»
John: «Non ci possiamo permettere di perdere.»
Joshua: «Tranquillo John, ci penso io!»
John: «Ok ragazzi, per noi va bene.»

Nel frattempo, arriva Maggie con le altre due stecche e quattro birre.

Maggie: «Chi perde paga tutto il conto.»
Anthony: «Mi sembra giusto. Per vedere chi inizia tiriamo una coppia di dadi, chi fa il punteggio più alto inizia.»
John: «Inizia tu Anthony!»

Anthony tira i dadi.

Anthony: «Dai belli, fatemi sognare!»

I dadi girano girano e poi si fermano, sono usciti un 5 e un 6.

Anthony: «Sì, sì… undici, non puoi fare meglio!»
Joshua: «Posso fare 12.»

Joshua tira i dadi, John è vicino a lui.

John: «Non voglio guardare.»
Joshua: «Fiducia amico mio.»
E magicamente arriva il 12!
Anthony: «Impossibile, hai barato!»
Joshua: «A me non piace barare. Come tu hai fatto 11 io ho fatto 12.»
John: «Come si dice in questi casi: "Chiedete e vi sarà dato."»
Joshua: «Bravo John, piano piano stai diventando saggio.»
Anthony: «Dai Joshua, a quanto pare tocca a te iniziare la partita. Noi giochiamo in questo modo: metti il triangolo con all'interno tutte e 15 le palle, la bilia 8 quella nera al centro. Poi, dopo aver tolto il triangolo, posizioni il pallino nell'apposito posto segnato sul tavolo e tiri. Dopodiché si inizia a mettere in buca dalla palla più grande a quella più piccola. Però ricordati una cosa, la bilia 8, quella nera, si fa per ultima con doppia sponda. Facciamo un tiro a testa per squadra, se poi sbagli tocca al tuo avversario. Tutto chiaro?»

Joshua: «Eh sì, sei stato molto molto chiaro! Devo dire che hai fatto una buona spiegazione.»
John: «Altroché! Quindi possiamo iniziare.»
Joshua: «Certo che sì.»

Anthony prepara il triangolo con all'interno tutte e 15 le palle.

Anthony: «Allora Joshua, io ti posiziono il triangolo con le palle qui se per te va bene.
Lo puoi anche spostare a destra oppure verso sinistra, dimmi tu dove lo preferisci.»
Joshua: «Va benissimo lì dove l'hai messo.»

Intanto John gli sta sempre vicino.

John: «Joshua mi raccomando, fai il miracolo, vinci!»
Joshua: «Fede amico mio!»
Anthony: «Non è questione di Fede ma di bravura. Io credo solo in quello che vedo, i miracoli in questo caso non esistono.»

La partita ha inizio, Joshua posiziona il pallino bianco, è più che concentrato. Anthony leva il triangolo e Joshua tira.

Anthony: «Bravo, bel colpo! Vediamo quali palle sono finite in buca.»

Anthony tira fuori le bilie.

Anthony: «Allora c'è la n.1, la n.4, la n.6, la n.2, la n.3 e la numero 5. Non ci credo, è impossibile!»
Joshua: «Nulla è impossibile se credi nella Fede.»
Anthony: «Adesso tocca a me tirare. Guarda e impara!»
Joshua: «Certamente, impariamo dal maestro!»
Anthony: «Spiritoso.»

Anthony è pronto, adesso tocca alla palla 9 essere messa in buca e tira. Tutti lì a vedere quello che succede, ma purtroppo Anthony sbaglia il tiro e la palla non va in buca.

Anthony: «No, no… che sfortuna! Tocca a te tirare John.»
John: «Beh, al mio posto lascio tirare Joshua.»
Anthony: «No amico, devi tirare tu.»
Joshua: «Dai John tira tranquillo, vedrai che andrà tutto bene.»
John: «Secondo me sei troppo ottimista.»

John posiziona la stecca, la palla 9 è lì e la deve solo mettere in buca. Joshua si avvicina a lui, sente che è teso, gli mette una mano sulla spalla e…

John: «Adesso vi dico quello che farò: la palla 9 va in buca in alto a destra con una doppia sponda.»

John tira e così succede.

Joshua: «Bravo John! Bel tiro!»
John: «Credo che sia stata solo fortuna anche se, a pensarci bene, ho avuto la sensazione che qualcuno guidasse la mia mano.»
Joshua: «Ricordati sempre, Fede amico mio.»
John: «Dobbiamo fare in fretta, Mary ci sta aspettando per la cena.»
Joshua: «Sempre se non perdiamo i 50 dollari. Tranquillo, scherzavo!»
John: «Non scherzare con queste cose.»
Joshua: «Va bene, scusa. Dai John tira alla palla n.7.»
John: «Già, è vero che la n.8 si fa per ultima.»

John, un po' agitato, tira e sbaglia.

Anthony: «Ah, che peccato. Dai Joseph, adesso tocca a te fratello.»
Joseph: «Lo sai che io non sono troppo bravo in questo gioco.»
Anthony: «Sì è vero, ma tiriamo anche noi in ballo Dio come dice Joshua: devi avere Fede!»

Joseph tira e sbaglia pure lui. La palla n.7 è ancora in gioco.

Joshua: «Suppongo che adesso tocchi a me giocare.»
Anthony: «Già.»
John: «Dai Joshua, è tardi!»
Joshua: «Hai ragione John, cerchiamo di fare in fretta. Diamo una lezione di vita a questi due!»

Joshua si prepara a tirare, è concentrato, guarda fisso la palla n.7 e riferendosi a tutti i presenti dice: «Allora ragazzi, adesso vi dico quello che farò: la palla n.7 va in buca in alto a sinistra, poi tirerò alla n.10 che farà andare in buca la n.11 e la n.12. Dopodiché tirerò alla n.13, che farà andare in buca la n.14 e poi la n.15. E per finire la n.8 farà una doppia sponda in basso a destra.»
Anthony: «Meno parole, più fatti.»
Joshua: «Certamente, ti accontento subito.»

John è lì vicino a lui che borbotta «Non voglio vedere, non voglio vedere!»
Joshua: «Tranquillo amico mio.»

Si è radunata un po' di gente intorno al tavolo da biliardo, sono tutti curiosi di vedere che succederà. È arrivato il momento di tirare, Joshua è pronto.

Joshua: «Mio Signore, guida la mia mano.»

Joshua tira, le palle vanno dove dovevano andare e tutte nella giusta sequenza! Tutti rimangono a bocca aperta, nessuno dice niente, nessuno parla.

Joshua: «Allora, è rimasta solo la n.8.»

Joshua prende la mira e tira. Appena tirato, posa la stecca e va da Anthony. Nel frattempo, è lì che sta facendo sponde su sponde.

Joshua: «Calcolando che abbiamo vinto ci devi 100 dollari e ricordati di pagare il conto di tutto quello che abbiamo preso, grazie!»
Anthony: «Non per essere pignolo, ma la palla 8 non è ancora andata in buca.»

E dopo tante sponde, la n.8 va a destinazione. Tutti i presenti, increduli di quello che hanno visto, iniziano ad applaudire. Joshua, riferito ad Anthony: «Stavi dicendo che…?»
Anthony: «Lo sai che non finisce qui!»
Joshua: «Invece finisce proprio qui, naturalmente dopo che avrai dato i 100 dollari della scommessa.»
Anthony: «Ma sì, certo. Mi sembra giusto.»

Anthony tira fuori i 100 dollari e li dà a Joshua.

Anthony: «Ve li siete meritati. Dai beviamo ancora qualcosa assieme.»
Joshua: «Grazie, ma è tardi. La prossima volta sicuramente.»

Anthony saluta John e poi va a stringere la mano a Joshua. Joshua lo saluta stringendogli la mano e si blocca.

Anthony: «Tutto bene Joshua?»
Joshua: «Sì… sì, dobbiamo andare. Dai John, andiamo.»

John e Joshua escono dal locale e si dirigono verso la macchina.

Una volta saliti nell'auto, John scruta Joshua e lo vede parecchio strano.

John: «Stai bene? Sei pensieroso e soprattutto quello che mi dà più da pensare è che sei troppo silenzioso.»
Joshua: «È successo che, quando ho stretto la mano ad Anthony, ho avuto una brutta sensazione. Non è facile spiegare queste cose.»
John: «In effetti Anthony non è proprio un santo.»
Joshua: «Eh sì, l'avevo proprio intuito.»
John: «Anthony è una brutta persona, mi dispiace dire queste cose ma è vero. Sicuramente si vendicherà in qualche modo. Tu l'hai capito solo stringendogli la mano, pensa che io lo conosco da sempre. A proposito, ti capita spesso di avere queste percezioni?»
Joshua: «Sì, ogni volta che vengo a contatto con gente poco piacevole.»
John: «Capisco. Ne incontri molta di questa gente?»
Joshua: «Fortunatamente no, ma quando succede ogni volta è sempre spiacevole.»
John: «In che senso?»

Joshua: «Nel senso che vedo cose poco belle, riesco a vedere i pensieri brutti delle persone e ti raccomando in futuro di fare attenzione a Anthony ed alla sua famiglia.»
John: «Ho smesso di credere in tante cose, ma sinceramente queste sensazioni mi fanno parecchio paura.»
Joshua: «Non devi avere paura, sai come dicono: "Male non fare… paura non avere".»
John: «Ma cosa hai visto che ti ha così turbato?»
Joshua: «Ti dico una cosa amico mio, ricordati che nella vita bisogna avere paura dei vivi e non dei morti. L'avidità dei Waine è molto pericolosa, faranno di tutto per metterti in difficoltà e ampliare i loro possedimenti.»
John: «Ne sono consapevole, mi hanno dato modo di crederlo già negli anni. Ma tu come fai ad avere questo dono delle percezioni?»

A questa domanda Joshua si blocca, è fermo, immobile. John lo vede, vorrebbe sapere, ha mille domande da porgli ma non dice nulla.
È Joshua che prende la palla al balzo ed inizia a sfogarsi un po'.

Joshua: «Caro John, sei proprio un amico sincero. Ti voglio raccontare una storia.

Tanto tempo fa, e ripeto proprio tanto tempo fa, esisteva un Joshua diverso, spavaldo e bugiardo, ma soprattutto falso e cattivo. Dopodiché ho conosciuto una persona, la quale mi ha dato una seconda possibilità. È stato sincero fin da subito, mi ha detto: "Non la sprecare, hai solo questa!". E così ho fatto, non l'ho sprecata. Io lo chiamo Fratello Angelo, lo considero il mio Salvatore. Mi ha cambiato la vita per sempre.»

John: «Per la prima volta sono senza parole! E credimi, non è facile!»

Joshua: «Ti capisco pienamente, oramai poche cose mi fanno sobbalzare sulla sedia! Ho viaggiato in lungo e in largo, ho conosciuto veramente tanta gente, ma quando incontro belle persone come te John… ogni volta è come la prima e mi emoziono come quando un bambino scarta i regali di Natale.»

John: «Io non so com'eri prima, ma ti conosco adesso e ti giudico come sei ora. Il passato è passato, mai guardarsi indietro!»

Joshua: «Grazie amico mio! Voglio poi farti un regalo, anzi due!»

John: «Sei gentile, ma non è il caso che ti disturbi.»

Joshua: «Eh no amico mio, nessun disturbo. In questo caso credimi che ti piacerà!»

John: «Fai come credi e come dici sempre tu: "Fede amico mio!"»
Joshua: «Esattamente. Oggi come oggi la Fede è la mia guida e mi permette di aiutare gli amici in difficoltà.»
John: «Credo nella tua parola. Direi che abbiamo fatto il pieno di emozioni. Che dici tu?»
Joshua: «Pienamente d'accordo con te!»

Dopo aver comprato il necessario per cena, i nostri due eroi tornano finalmente a casa. John parcheggia la macchina sotto casa, Joshua scende dalla macchina con la spesa e nel frattempo arriva Mary.

Mary: «Ah... finalmente! A quanto pare siete riusciti a trovare la strada per tornare a casa!»
John: «Hai ragione scusaci, ma siamo stati trattenuti.»
Mary: «Trattenuti?»
Joshua: «Mary è tutta colpa mia, ci siamo fermati a giocare a biliardo e poi è arrivato Anthony, il vostro vicino di casa, e ci ha sfidato ad una partita.»
Mary: «Almeno avete vinto?»
John: «Oh sì, i suoi 50 dollari!»

Mary: «Allora va bene. Dai John inizia ad accendere il fuoco, io preparo la cena.»
Joshua: «Anch'io voglio rendermi utile, cosa posso fare?»
Mary: «Tu inizia a preparare il tavolo e anche una bella insalata!»
Joshua: «Direi che può andare.»

John prende la carne e inizia a cuocerla sulla griglia del barbecue. Nel frattempo, arriva Joshua.

Joshua: «A che punto siamo?»
John: «Dammi almeno il tempo di cuocerla.»
Joshua: «Hai ragione, il fatto è che ho una fame!»
John: «Adesso che mi ci fai pensare ho fame anch'io.»
Mary: «Dai ragazzi, la cena è pronta! In più ho preparato degli antipasti, un paio di piatti. Su avanti sedetevi, io vado a prendere qualcosa da mettere sotto i denti.»

John e Joshua iniziano a prendere posto a tavola. Ogni tanto John si alza e va a girare la carne sulla griglia. Mary arriva con due piatti, poi ritorna in cucina e ne riporta altri due.

Joshua: «Non penserai mica che mangeremo tutto quanto?»
Mary: «Perché, dici che è troppo?»
John: «Non è mai troppo!»
Mary: «Mangiate tranquilli.»
John: «Vado a prendere la carne che è pronta.»
Joshua: «Ti serve una mano?»
John: «No tranquillo, faccio io.»

Mary guarda John andare e sorride.

Mary: «Lo sai una cosa Joshua, ti devo ringraziare.»
Joshua: «Ringraziare? E per cosa? Io non ho fatto niente.»
Mary: «No invece hai fatto molto, perché da quando sei arrivato tu John è visibilmente cambiato.»
Joshua: «In meglio spero!»
Mary: «Altroché! È più allegro, parla di più. Anche se la malattia l'ha sicuramente messo a terra, malgrado tutto questo grazie a te è tornato a sorridere.»
Joshua: «Non mi devi ringraziare, io non ho fatto niente di particolare. Non devi mai perdere la speranza, mai, mai, mai. Anche perché se perdiamo pure quella, dopo cosa ci rimane?»

Mary: «Le tue sono belle parole, ma a volte capita che uno perda la strada, la retta via, per mille motivi.»
Joshua: «Certamente. Ed è proprio in quei momenti che ti devi aggrappare a qualcosa.»
Mary: «Credimi che non è facile. Quando è morto Joele è stato come se una parte di me fosse morta con lui.»
Joshua: «Il dolore che hai provato lo posso solo immaginare.»
Mary: «È contro natura perdere un figlio.»
Joshua: «Vero. Ma è proprio in questi momenti così terribili che la Fede ti viene incontro.»
Mary: «Per favore, non mi parlare di Fede! Perché nostro Signore me l'ha portato via? Ti sembra una cosa giusta da fare?»
Joshua: «Forse giusta no. Ricordati che c'è un progetto per ogni cosa.»
Mary: «Sarà come dici tu, ma…»
John: «Basta parlare, adesso mangiamo!»
Joshua: «Che buon profumino!»
John: «La carne non la devi annusare… Serviti pure.»

Tutti mangiano allegramente e la serata si sta per concludere.

Joshua: «Un grazie di vero cuore per questa meravigliosa serata in compagnia di due persone speciali.»
Mary: «Grazie a te per la compagnia, erano anni che non si passava una serata in allegria!»
John: «Senti Joshua, domani mattina vado in ospedale a fare degli esami. Tu sai cosa devi fare.»
Joshua: «Vai tranquillo John, ci penso io a dare una mano a Mary.»

Joshua mette una mano sulla spalla di John, ed è come se gli trasmettesse energia vitale.

Joshua: «Tu non ti preoccupare di niente. Vai pure a fare gli esami sereno e vedrai che andrà tutto bene. Ricordati, Fede amico mio.»
John: «La sai una cosa, è come se mi avessi trasmesso forza. Non trovo le parole per descriverlo, mi sento meglio.»
Joshua: «Bene, molto molto bene.»
Mary: «Dai andiamo a dormire che domani sarà una lunga giornata di lavoro.»
Joshua: «Buonanotte a tutti, ancora grazie della cena!»
John: «Notte Joshua, ci vediamo domani appena arrivo dall'ospedale.»

Joshua: «Sì va bene, a domani!»
Mary: «Dai John, dammi una mano a mettere in ordine così poi andiamo a dormire.»

Mary sistema casa e si accorge che Joshua ha dimenticato su una sedia una maglia.

Mary: «Joshua si è dimenticato di prendersi la maglia, hai voglia di riportagliela? Così se domani mattina presto gli serve, almeno la può usare.»
John: «Magari è già a dormire.»
Mary: «Tu vai a vedere e se c'è la luce accesa bussi, in caso contrario gliela lasci appesa alla finestra.»
John: «Ok, vado!»

John si incammina verso la dependance e si avvicina alla porta, sembrerebbe che Joshua stia dormendo.
John fra sé e sé pensa: «Sarà già a dormire, gliela appendo qui sulla veranda così domani mattina presto appena esce la vede.»

John si sta per incamminare verso casa ma, all'improvviso, intravede delle piccole luci che lo incuriosiscono.

John: «Ma dai, a quanto pare Joshua è ancora sveglio.»

John va verso quel bagliore di luci e ne rimane ammaliato, è come una calamita! Man mano che si avvicina John sente questa energia, decisamente molto molto strana. John si ferma davanti alla porta, è indeciso se bussare o meno.

John: «Che faccio, busso?» parlando fra sé e sé. «Proviamo dalla finestra, la luce arriva da lì.»

John sbircia dalla finestra e vede Joshua contornato da centinaia di piccole luci che gli girano intorno. Joshua vede John, il quale lo sta fissando intensamente, lo guarda ma non riesce a dire niente.

Joshua: «Vieni John, entra, tranquillo.»
John: «Non capisco, cosa sono queste luci?»
Joshua: «Entra pure, non avere paura.»
John: «La mia non è paura, è solo che non capisco!»

Joshua prende John per la mano e gli dice «Rimani vicino a me.»

Joshua: «Adesso non ti muovere, chiudi gli occhi.»

John è lì, fermo, immobile. Ad un certo punto centinaia di luci gli girano tutt'intorno, è come un vortice e lui è lì in mezzo a tutto questo. Joshua si sta godendo lo spettacolo, che meraviglia! Ad un certo punto tutte queste luci, come sono arrivate, scompaiono nel nulla.

Joshua: «Come ti senti John?»
John: «Come mi sento? Non saprei risponderti. Bene, credo bene. Mi sento stanco ma allo stesso tempo pieno di energia.»
Joshua: «Molto molto bene John.»
John: «È meglio che vada a casa, notte Joshua!»
Joshua: «Notte John!»

John va verso casa, è confuso da tutto quello che ha visto e specialmente che ha vissuto. Mary è sulla porta che lo aspetta e lo vede arrivare.

Mary: «Dai John, andiamo a dormire che è tardissimo. Devi cercare di non stancarti troppo.»
John: «Ma io non sono stanco.»
Mary: «Dai, andiamo a dormire.»

John: «Non ci crederai mai a quello che mi è successo.»
Mary: «Racconta!»

Mentre vanno a dormire John inizia a raccontarle di queste strane luci, di come Joshua era lì con lui, di questa nuova energia che gli hanno trasmesso e Mary è lì che lo ascolta incredula.

Mary: «Dici che erano le stesse luci che hai visto l'altra volta?»
John: «Sicuramente.»
Mary: «Domani mattina chiederò a Joshua notizie di questi fatti piuttosto strani. Adesso è meglio dormire, domani è un altro giorno.»

Al giorno seguente John si reca in ospedale di buon mattino per fare una serie di esami, in questo modo può tenere sotto controllo il tumore. Mentre il nostro John è dal medico, Mary va da Joshua per chiedere spiegazioni riguardanti il racconto di John.

Mary: «Ciao Joshua, John mi ha raccontato di ieri sera, ha parlato di luci, di strane sensazioni.

Era molto confuso, euforico, decisamente non sembrava neanche lui.»
Joshua: «Mary non ti devi preoccupare per questo, anzi ti dirò di più: ci sono cose nella nostra vita che accadono per un motivo e poi altre dove non sempre c'è una spiegazione logica a riguardo.»
Mary: «Questo sicuramente, ma riguardo ieri sera?»
Joshua: «Cosa vuoi sapere?»
Mary: «Mi piacerebbe capire cosa sia successo.»
Joshua: «Credimi di brutto niente, solo cose belle. Mary ricordati, Fede! Sia in quello che vedi e soprattutto in quello che non vedi ma c'è.»
Mary: «La Fede… quella l'ho persa insieme a mio figlio Joele tanti anni fa.»
Joshua: «Tranquilla si sistemerà tutto, è così che deve andare e sarà così che andrà.»
Mary: «Se lo dici tu. Vado a finire i lavori in casa, ciao Joshua!»
Joshua: «Ciao Mary!»

Mary torna a casa per finire le sue faccende e nel frattempo John arriva dal dott. Cooper.

Dott. Cooper: «Viene John, entra pure.»
John: «Dottore… buongiorno.»

Dott. Cooper: «Come stai John? Ti vedo bene, decisamente meglio dell'ultima volta.»
John: «È da qualche giorno che va effettivamente meglio.»
Dott. Cooper: «Bene. Facciamo qualche esame e poi vediamo come muoverci.»
John: «Va bene, dopotutto il medico sei tu.»

Dopo qualche ora gli esami sono fatti.

Dott. Cooper: «Allora John, dammi qualche giorno per gli esiti. Ci sentiamo la prossima settimana!»
John: «Va bene, chiamami tu quando posso venire per ritirare tutto.»
Dott. Cooper: «Certamente.»

Il nostro John torna a casa, speranzoso che tutto vada bene. Mary lo vede arrivare e subito gli va incontro.

Mary: «Allora John, che ti ha detto il medico?»
John: «Al momento ancora niente, ho fatto solo esami. Per gli esiti mi chiamerà la prossima settimana.»
Mary: «Bisogna aspettare così tanto?»
John: «Eh… il tempo che ci vuole.»

Mary: «Va bene, ma adesso riposati un po'.»
John: «Perché? Non sono mica stanco!»
Mary: «Forse no, ma è meglio se non ti affatichi troppo.»
John: «Va bene Mary. Vado a salutare Joshua e poi mi vado a coricare un'oretta.»
Mary: «Come vuoi tu John. Joshua dovrebbe essere dai cavalli.»
John: «Vado a vedere.»

John va verso il recinto e vede Joshua tutto intento mentre spazzola un cavallo.

Joshua: «Ciao John!»
John: «Ciao Joshua! Tutto bene oggi?»
Joshua: «Tutto sotto controllo. A te come è andata stamattina?»
John: «Penso bene, la prossima settimana avrò i risultati.»
Joshua: «Sono sicuro che andrà molto molto meglio. Adesso vai pure a riposarti un po' che qui ci penso io a finire il lavoro.»
John: «Va bene, passo più tardi.»

John va a riposarsi un po'. Passano alcuni giorni e John riceve una telefonata dal dott. Cooper.

John: «Pronto?»
Dott. Cooper: «Ciao John, sono io.»
John: «Ciao dottore!»
Dott. Cooper: «Senti John, abbiamo gli esiti degli esami fatti l'altra settimana.»
John: «C'è qualche miglioramento?»
Dott. Cooper: «È meglio parlarne di persona.»
John: «Sono peggiorato, vero?»
Dott. Cooper: «No John, al contrario... praticamente il tumore è sparito!»
John: «Ma che dici? Sei sicuro di questo?»
Dott. Cooper: «Se sono sicuro? Ho rifatto io personalmente gli esami quattro volte... e il risultato è sempre lo stesso. Stai guarendo John! Vieni che ne parliamo di persona!»
John: «Arrivo!»
Mary: «Chi era al telefono?»
John, un po' confuso, «Era il dott. Cooper! Mi ha parlato degli esiti riguardanti gli esami fatti l'altra settimana!»
Mary: «E allora che ha detto?»
John: «Mi ha detto che sono migliorato! Adesso vado da lui, mi vuole parlare di persona!»
Mary: «Meno male! Grazie mio Signore! Mi cambio e vengo con te!»
John: «Ma no finisci pure tranquillamente quello che devi fare, io vado e torno velocemente.»

Mary: «Va bene, allora ti aspetto qui a casa. Non tenermi sulle spine!»
John: «Tranquilla.»

John va dal dott. Cooper, corre come il vento. Arrivato a destinazione, si dirige verso lo studio e nel frattempo arriva il dott. Cooper con altri due medici.

Dott. Cooper: «Vieni John. Loro sono due miei colleghi medici, mi sono permesso di sottoporre a loro i tuoi esami per avere un'altra opinione medica a riguardo. Anche loro non riescono a capacitarsi del fatto che il tumore sia sparito così velocemente! È tutto così strano!»
John: «Il fatto che stia guarendo è una bella cosa.»
Dott. Cooper: «Certamente è una bella notizia, nessuno sta a sindacare su questo. La mia domanda è una sola: come è potuto succedere tutto questo? E poi in così breve tempo, è scientificamente impossibile!»
John: «Quindi alla fine cosa pensi che sia successo?»
Dott. Cooper: «La mia opinione, ti parlo da persona poco credente, è che ci sia stato un aiuto dall'alto!

Caro John, a quanto pare stai simpatico a qualcuno lassù visto che ti ha appena dato una mano… una gran mano!»
John: «Sai come direbbe un mio amico riguardo a questa situazione? "Fede amico mio!"»
Dott. Cooper: «Allora John, facciamo una bella cosa. Adesso vai a casa, abbracci forte forte Mary e andate a festeggiare da qualche parte! Dopodiché io e te ci vediamo tra un mese, così ripetiamo di nuovo tutti gli esami. La chemioterapia al momento continuerei a farla almeno per un altro mese e poi si vedrà.»
John: «Va bene dottore, come tu vuoi.»

Il nostro John torna a casa molto felice di questa bella notizia. Non ha il tempo di mettere il piede fuori dalla macchina che Mary gli va incontro per avere notizie.

Mary: «Allora? Che ti ha detto il dottore?»
John: «Mary, ha detto che sono praticamente guarito! Il tumore sembrerebbe sparito! Il dottore l'ha definito un miracolo, secondo lui c'è stato un aiuto dall'alto… da molto in alto! La chemioterapia continuerò a farla almeno per un altro mese e poi si vedrà.»

Mary: «Grazie mio Signore! Finalmente una bella notizia! Sai che faccio dopo? Preparo una buona cenetta per stasera, voglio festeggiare questa bella notizia!»
John: «Le tue cenette sono sempre buone.»
Mary: «Ah grazie, sei gentile a dirlo. Quanti complimenti, non sono abituata!»
John: «Devo smettere di farli?»
Mary: «No no per carità, i complimenti fanno sempre piacere!»
John: «Vero anche questo. Cosa pensi di cucinare stasera di buono?»
Mary: «Al momento non saprei ma qualcosa mi verrà in mente.»
John: «Sicuramente. E se invitassimo anche Joshua? Che ne dici?»
Mary: «Va benissimo!»
John: «Vado a dirglielo, così vedo a che punto è con il lavoro.»

John va alla ricerca di Joshua, sta facendo manutenzione ad alcuni mezzi agricoli.

John: «Joshua ciao, tutto bene?»

Joshua: «Ciao John! Direi di sì, cerco di sistemare questi mezzi visto che la prossima settimana iniziamo con i raccolti e non ci possiamo permettere che si blocchino proprio nel momento del bisogno.»
John: «Bravo Joshua, molto molto bene.»
Joshua: «Sai una cosa John, bisogna guardare sempre avanti e mai girarsi per guardarsi indietro.»
John: «Certo che sì, hai pienamente ragione!»
Joshua: «A proposito, come è andata dal medico?»
John: «Molto molto bene! Dagli esami sembrerebbe che io sia guarito! A detta del dottore c'è stato un aiuto divino.»
Joshua: «Ogni tanto un aiuto fa anche piacere. Se poi arriva dall'alto... ancora meglio!»
John: «Eh già! A proposito, hai impegni stasera per cena? Mary vuole festeggiare questa bella notizia tutti assieme.»
Joshua: «Molto volentieri, vengo con piacere!»
John: «Perfetto. Facciamo per le 19.30?»
Joshua: «Sì, va bene.»
John: «Ok, a dopo!»

John, nel tornare verso casa, vede Mary indaffarata a dare da mangiare alle galline.

John: «Mary, serve una mano?»
Mary: «No John, ho quasi finito. Hai parlato con Joshua per stasera?»
John: «Sì, viene!»
Mary: «Ok! Facciamo così, mentre io finisco qui tu inizia ad accendere il forno, così appena arrivo preparo l'arrosto.»
John: «Sì, ottima idea.»

La serata prosegue con l'arrivo di Joshua.

Mentre tutti mangiano Joshua si alza, prende il bicchiere e dice: «Un brindisi a John visto che gli esami hanno confermato quello che io già supponevo e un brindisi a Mary perché gli è sempre stata vicina!»
John: «Anch'io voglio fare un brindisi e penso di parlare anche a nome di Mary… brindo a te, Joshua. È già trascorso un mese da quando sei entrato a far parte della nostra famiglia e questo periodo è passato molto velocemente. Da domani inizieranno settimane molto molto faticose, fra il raccolto e poi la semina sarà circa un mese di duro lavoro per tutti.»

Mary: «Facciamo una bella cosa, alla fine di questo mese faremo una bella cenetta di nuovo tutti assieme per brindare al raccolto e alla semina fatta.»
Joshua: «Mi sembra un'ottima idea per festeggiare gli sforzi di noi tutti!»
John: «Dai mangiamo, che altrimenti si raffredda tutto.»

La cena sta per svolgere al termine.

Joshua: «Grazie ancora di tutto. Vado a dormire che sono veramente stanco, domani sarà un'altra dura giornata di lavoro.»
John: «Grazie a te per la compagnia. Ci vediamo domani mattina presto davanti al capanno degli attrezzi, così iniziamo con il raccolto del grano e poi vediamo.»
Joshua: «Va bene John.»

E così, giorno dopo giorno e settimana dopo settimana, il mese è passato. John, alla fine di tutto, fa i conti e ritiene che sia stato un buon raccolto. Ed eccoli tutti qui riuniti a cena per festeggiare queste lunghe e faticose settimane.

John: «Stavolta inizio io per prima a fare un brindisi. Inizio con ringraziare la mia Mary perché mi sopporta da 30 anni e poi brindo a te, Joshua, perché devo ammettere una cosa. Hai lavorato sodo tutti i santi giorni e non ti ho mai sentito lamentare una volta.

Per questo e per altri mille motivi brindo a tutti voi e, se me lo permettete, brindo anche un po' a me stesso!»

Joshua: «Adesso tocca a me alzare il bicchiere e ringraziare tutti voi! Sono passati due mesi e sono stato accolto qui come un figlio. Poche volte mi è successo e credetemi se vi dico che di gente ne ho conosciuta molta. Con il cuore triste vi debbo dire che vi devo lasciare… altra gente ha bisogno di un mio aiuto, mettiamola così! Quello che vi posso dire è che vi porterò nel cuore per sempre.»

Mary: «Sì Joshua, l'avevo già capito. Mi sembra giusto che tu vada per la tua strada.»

John: «Come faremo senza di te?»

Joshua: «Ce la farete benissimo! Però prima che io vada vi voglio fare un bel regalo.»

Mary: «No Joshua, non stare a spendere soldi per noi. Abbiamo tutto, non ci manca niente.»

Joshua: «Eh no Mary, una cosa vi manca ed io voglio regalarvela… o meglio, restituirvela. Vi è stata portata via tanti anni fa, e secondo me è arrivato il momento di rimettere le cose apposto.»
Mary: «Mio Dio Joshua… non credo di capire!»
John: «Quello a cui sto pensando io è praticamente impossibile!»

Joshua si avvicina a John e Mary, li prende per mano e dice «Adesso chiudete gli occhi…».

Nel frattempo, arrivano centinaia di piccole luci che girano intorno ai nostri tre eroi e una grande energia li avvolge… Dopodiché arriva un grande lampo di luce e tutto torna normale. Joshua lascia le mani di John e Mary.

Joshua: «Bene, il mio compito è terminato! Andate fuori che c'è qualcuno che vi sta aspettando.»

John e Mary escono. Eh già, è proprio lui, Joele che gioca nel cortile! John è senza parole, invece Mary gli corre incontro e lo abbraccia forte forte forte!

Joele: «Mamma, così mi stringi troppo!»
Mary: «Hai ragione, scusa! È solo che è tanto tempo che non ti vedo!»
Joele: «Mamma che dici, ci siamo visti 5 minuti fa!»
Mary: «Già, è vero!»
Joshua: «Godetevi vostro figlio, vegliate su di lui.»
John: «Non capisco come sia potuto succedere… come hai fatto? Stiamo sognando?»
Joshua: «No amico mio, è tutto reale! Siamo tornati indietro di 20 anni, avete avuto una seconda possibilità, non la sprecate. E come dico sempre io: Fede amico mio! Adesso devo andare.»
John: «Andare dove?»
Joshua: «Ovunque mi porti il destino. Vai John, vai ad abbracciare tuo figlio.»

VOCE FUORI CAMPO: Ebbene sì, il nostro Joshua va per la sua strada in attesa di trovare qualcuno da aiutare. John e Mary finalmente hanno trovato pace e cresceranno Joele come Dio comanda.

Questa storia finisce qui ma, pensandoci bene, avrei altre mie avventure da raccontarvi!

Che dire… Fede amico mio!

www.ingramcontent.com/pod-product-compliance
Ingram Content Group UK Ltd.
Pitfield, Milton Keynes, MK11 3LW, UK
UKHW021644190726
13853UKWH00001B/53

9 791221 005585